# 狀態—IV

邱振中詩集

# 目次

| | | |
|---|---|---|
| 1 | 創造一個未知世界／洛夫 | |
| 9 | 告訴我們，藝術不是什麼／趙毅衡 | |
| 17 | 詩 | |
| 18 | 斷章 | |
| 19 | 宇宙之聲 | |
| 20 | 風景 | |
| 21 | 紀念碑 | |
| 24 | 梅姬 | |
| 27 | 山村―1970 | |
| 29 | 洗衣石―搗衣石 | |
| 32 | 日全食 | |
| 33 | 英吉沙爾小刀 | |
| 36 | 二重奏 | |
| 38 | 冬天的故事 | |
| 41 | 感覺是個脆弱的容器 | |
| 42 | 暴雨將臨 | |
| 43 | 迫降 | |
| 45 | 對風景的一種理解 | |
| 47 | 關於一首詩的解讀 | |
| 49 | 瑪利亞的女人 | |
| 52 | 星夜 | |
| 54 | 斷片 | |
| 55 | 書簡 | |
| 56 | 兩棵樹 | |
| 58 | 老虎 | |
| 60 | 舞蹈 | |

| | |
|---|---|
| 61 | 水鄉 |
| 66 | 記憶 |
| 68 | 穿越叢林 |
| 72 | 無翼之蟬 |
| 76 | 陽臺上的花布衫 |
| 78 | 肖像 |
| 82 | 門 |
| 83 | 最後的海棠 |
| 84 | 語言 |
| 85 | 雨中樓群 |
| 87 | 車窗風景 |
| 89 | 狀態—III |
| 94 | 狀態—IV |
| 95 | 狀態—V |
| 98 | 狀態—VI |
| 99 | 陽光下的杯盞 |
| 100 | 公路兩旁的樹 |
| 101 | 蹣跚地跨過荒廢的稻田 |
| 102 | 傳說 |
| 103 | 在突然降臨的獨處中 |
| 105 | 叢林猛獸 |
| 108 | 月亮的手 |
| | |
| 113 | 後記 |

# 創造一個未知世界

## 洛夫

　　邱振中足跨書法與詩歌兩界，在書法，尤其是草書方面，更是當行出色，令譽彰著，目前可能是國內書法領域一個最眩目的亮點。但就詩歌而言，他在中生代詩人群落中，不論作品的量或參與詩歌活動的頻率都遠不如他在書法藝術上所表現的驚人成就與自信。我想這絕非由於他的詩歌內在精神或詩性強度問題，而是他一向獨立於詩壇派系之外，既不甘於融入那流行當代過於氾濫的敘事詩洪流，也不屑遊走於把詩歌的藝術之爭變味為話語權之爭的各大門戶，這就足以凸顯出一個詩人特有的狷介氣質。其實當前國內嚴肅對待詩歌藝術的中生代詩人如邱振中者，仍大有人在，他們面對惡化的，騷囂之聲大於篤實創作的詩歌生態，只有冷眼相對，使自己處於一種沉潛的、內在化的詩性狀態。論者把他們的寫作特性歸納為四類：「寂寞的個人寫作」、「自我玩味的藝術寫作」、「獨善其身的人生反思寫作」、「追求形而上的神性寫作」。據我看來，邱振中的詩歌寫作不單屬於以上任何一類，而他的追求與風格卻又幾乎涵蓋了上述所有特性。我們不妨就從這個角度切入對他詩的探索。

寂寞是培養詩人高尚品格的一項高單位營養品，也是提升詩歌品位的一種驅動力量。若要不寂寞，詩人只要背離初衷，以粗俗之筆寫出配合形勢或迎合大眾口味的作品，然後奮身躍入那熱鬧滾滾的詩歌活動場域，終至沒頂。邱振中則不齒此圖，堅持他那冷雋的獨特的語言風格，他經常處於一種非激情狀態，因為他要創造的是一個冷靜的意象世界，換言之，他相信詩不在描寫一個已知的現實世界，而是憑藉想像創造一個未知的超現實世界，他的現實是經過調整的而變得更加真實的存在。真正的詩人從來不搭順風船，當「為人生而藝術」的口沫淹沒了上個世紀的講堂，像邱振中這類詩人卻更重視個人內心的神秘體驗和自我對宇宙萬物的真實反應，但並不疏於對生命的觀照與對現實的反思。例如他的〈無翼之蟬〉，這是一首富於知性的詩，機敏的思維呈現於一種極具穿透力的意象語言，知性的陳述取代了感性的抒情。整體結構看似一種邏輯的推演，一種辯證式的書寫，其實這首詩並非為了表現某種理念而設計的載體，它主要不在解說，而在對生命的感悟，一種深沉的心理體驗──想飛而無翼，這是把人逼至絕境的哀歎，道出了「沒有眼睛之前先就有了淚」的那種生命無常、宿命無奈的永生之悲。

　　我自從多方位地觀察中國現代漢語詩歌的發展以來，就一直在思考一個問題：除了當年一度席捲全國的政治抒

情詩，以及有意無意中承襲了階級意識而漫延至今的，以民間寫作為面貌的敘事詩寫作之外，是否還有人另闢蹊徑（哪怕是極少數），從精神的與文化的宏觀角度把自己的思維推到形而上的高度？如細加觀察，我們不難發現邱振中的詩歌即不乏這種傾向，只是他那些近乎形而上思考的作品，乃是透過具體的意象的呈現，而不是抽象的論述。他這方面的作品也許難以滿足一般探求散文內容的讀者的需要，但也提供了一種嶄新的深刻的藝術形式，如把他的詩歸類為艾略特所謂的「困難的詩」（difficult poetry），亦無不可。

　　論及書法，邱振中曾說：「好作品中要有傳統中核心的東西，也要有傳統中沒有的東西。」這個論點事實上也觸及到他的詩歌本質問題，邱振中的書法與詩歌二者的同質性很高，而二者的繪畫性和音樂性更是構成他藝術特色的主要成分。至於什麼是傳統中核心的東西？什麼又是傳統中沒有的東西？中國傳統的內涵極其繁富多元，傳統美學的核心也不止於一，除了涵蓋一切文化與藝術的「天人合一」的哲思之外，依我個人粗淺的認知，至少還有兩項既突顯而又深刻的美學核心觀念：一是柳宗元提出的「美不自美，因人而彰」，其意在說：「美」並不存在一種實體化的，外在於人的「美」，「美」離不開人的審美活動，一切景物之美都必須有人「去發現它，去喚醒它，去照亮

它」，始得以彰顯。這個觀點可以在邱振中及其他詩人的作品中得到印證，只不過邱振中對美的角度的選擇和對意象的處理有他獨特的心法，或許更接近俄國形式主義「陌生化」的理論。陌生化的效果是使詩的形式變得困難，因而增加了感覺的難度和感受時間的長度，因為感覺過程的本身即是審美的目的，故必須設法延長。所謂「陌生化」，英文譯成 defamiliarisation（去熟悉化），也正是中國傳統美學所強調的去「浮言遊詞」，反「陳腔爛調」，這與西方現代主義排斥「慣性反應」（stock response）如出一轍。形成邱詩的困難，主要在詩人自己憑藉一種直覺的、純粹的心靈感應，賦予事物以特殊的性質，為了創造一個嶄新的世界，他所寫出的對事物的感受如同初次見到的那樣，既陌生而又新鮮，這正體現了濟慈的名言：詩人是萬物的命名者。

在中國傳統美學中還有一項少有人提及卻至為重要的核心觀念，且有著與超現實主義同質的因子，那就是「非理性」。中國古典詩歌中有一種了不起的、玄妙之極的，繞過邏輯羈絆直探生命與藝術本質的東西，後人稱之為「無理而妙」。正如上述，「無理」是超現實主義與中國古典詩歌中十分巧合的內在特質，但僅僅是「無理」，怕很難使一首詩在藝術上獲致一定程度的有機性與完整性，也就是詩歌的有效性。而中國詩歌高明之處，就在這個說

不明道不盡的「妙」字。詩不止於「無理」，最終必須達到絕妙的藝術境界。蘇東坡主張「詩以奇趣為宗，反常合道為趣」。既「反常」，又「合道」，正是他對「無理而妙」這一無上妙悟的最有力的呼應。

　　如僅從語言層次和表現手法來看，邱振中詩歌的傳統影響並不明顯，但不可否認的是中國古典詩歌中那種「無理而妙」的質素，卻不時在邱詩中以現代的臉譜呈現，試看：「劈開往事如閃長岩／岩面／你留下／眼的莊嚴手的孤獨」（〈二重奏〉）。再如：「回來吧鳥兒回來／一匹馬已經疊放在另一匹馬上一隻手／已經融化在另一隻手的背影中」（〈紀念碑〉）。我們不難看出這些詩句的「無理」都隱藏在一種「矛盾語法」中，一方面顯示出事物的荒誕性，另一方面從荒誕中又可感到一種無言的奇趣和妙悟。下面這首〈狀態－Ⅳ〉更可見證這個核心理論：

　　　陌生的屋子
　　　微笑突如其來
　　　仿佛從空中
　　　升起不安的手
　　　放平再貼上
　　　沒有完成的牆
　　　你談吐像一條長長的絲
　　　潔白地繞著屋子
　　　構成一種狀態

>  讓人感到
>  再也不可能走出屋子
>  更衣或者倒立
>  在許多無意的間隙中
>  裸露的感覺

　　這首詩基本上是在陳述一種狀態，其中的情節存在著一些非理性的極不協調的矛盾，而「陌生的屋子／微笑突如其來……」這一連串的意象，都給人一種十分突兀而又十分新鮮的感受，為我們提供了妙不可言的意趣。

　　至於傳統中沒有的東西，在邱詩中又以何種面貌呈現？無疑的，當然是現代意識，一種捨棄了和諧的古典韻致，從現實中體驗出的，如同赤足踩在碎玻璃上所產生的刺痛感，亦如〈無翼之蟬〉中的詩句：「如果還有一次飛行／所有器官在空中伸出／化為扁平之翼／巨大的摩擦攪擾／奔向另一次／撕裂的恐懼」。在傳統文化中，凡經由「巨大的摩擦、攪擾」之後，勢必如浴火鳳凰，不是昇華為靈性境界，便是轉入超脫的涅槃，像這種「撕裂的恐懼」的意象在古典詩歌中是罕見的。

　　邱詩中的非理性與尖銳的現代意識，可說是互為因果，相輔相成的，而二者的內在聯繫與他詩的結構特色不無關係，這一特色即在建行、斷句、回行等不尋常的處理，比如像「撕毀記憶那簡潔的折痕／打開又合上一部分詞感

到折疊的痛苦」這樣的句子，如按散文的句法，顯然有一種該斷不斷、不該斷而斷的乖誤。這種斷句法在邱詩中屢見不鮮，往往導致語意的不確定性和閱讀上的陌生感。然而，正因為如此，他這種良苦的用心，實有助於產生一種有力地破除散文化的效果。為了挽救今天詩壇鋪天蓋地的散文化的詩歌生態，為了讓詩性與隱匿在意象背後的意蘊得以作有效的顯示，邱振中的建行與斷句法在結構意義上似乎是一種必要。他詩中極少明喻的意象，他從不以流暢得近乎遊詞的語式、巧麗而媚俗的意象來減損詩的質感，也決不願讀者因詩意的明朗而作出自以為是，甚至背離原意的解讀。試看〈詩〉中最末兩行：

殘損的花蕚從峽谷底部默默升起
充滿每一頁不可觸及的茫茫歲月

詩中所指涉的自不是字面上的外延含義（extension）所能概括，實際上這兩行詩所暗示是一顆荒涼的詩心，給人一種殘破的滄桑感，捕捉到這種感受遠比追索詩中的散文意義更為重要。

邱振中是書法家，草書中充滿了酣暢明快的節奏感與空間開闊自如的繪畫感。投射在他詩歌中的書法藝術特質極為顯著，如〈公路兩旁的樹〉，最能體現他的書法風格。此詩的建構堪稱絕妙，全詩僅十七行，行行勢如滔天巨浪，又像一隊隊廝殺奔來的百萬雄師，一連串動作一致而又嚴

密緊扣的意象猶如一柄柄剔骨頭的刀子，字字透出逼人的鋒芒，幾近張旭「變動如鬼神」的狂草，更有點像懷素醉後「奔蛇走虺」、「驟雨狂風」的筆風。如此強勁有力而又靈動自如的詩句，不由使我們想到他所說的，草書必須「即興地創造精彩的運動、線質與空間」。

作為一個現代詩人，邱振中師法前賢，也有那「語不驚人死不休」的堅毅決心，創作時他盡可能全面調動潛在的超魔力，把想像力發揮到極致。他深知，語言是他最大的敵人，也是他唯一憑藉的武器，他野心勃勃地運用各種手段，企圖克服語言的局限性，去創造一個古往今來書法家與詩人共同夢想的未知世界。

這就是邱振中。

*2009 年 8 月於溫哥華*

# 告訴我們，藝術不是什麼

## 趙毅衡

1995年我收到邱振中《當代的西緒福斯》，這是一本精美的大畫冊，我給一位加拿大漢學家John Cayley看，他非常驚奇：「怎麼中國書法家可以這樣寫？」他指著邱振中的一幅書法，寫的是西方現代詩的漢譯文，我記得是我在《美國現代詩選》中翻譯的美國詩人斯塔福德的詩〈保證〉。「中國書法家不是一律只書寫古詩古文嗎？」

我說：「我這位朋友不一樣。不過你只說書法如何？」

他沉思地說：「這是我看到的最接近現代抽象繪畫的中國書法」。他把畫冊捧在手裡，戀戀不捨地說：「讓我再看一遍」。書在他手裡放了幾個星期，被我硬要了回來，不然好書可能跟我再見。

他的評語倒是讓我嚇了一跳：是不是抽象繪畫我無法判斷，一個西方人對中國書法，能做到如此理解已經不錯。從西方人的角度看，這是非常高的讚譽。我沒有就此事請教過邱振中，我知道他不同意書法是中國的抽象表現主義，我只是覺得他在中國的「國學家」中非常獨特：他是中西古今昆亂不當，一切可以糅合到他獨特的藝術之中。

今日重讀邱振中的詩集，又讓我想起這段往事。

1970年代末在高校讀研究生，是可以全國亂跑的，到哪個學校都有「同學」接待你，很有點文革串聯的樣子。只是在宿舍裡給你找到床位的，到飯堂裡打飯給你吃的朋友，期待的回報是徹夜長談：談正在讀的書，談正在讓自己激動的思想，談各種我們自己都一知半解的理論。只要是類近專業，就能沆瀣一氣，因此我到杭州——忘了旅行的具體目的，只記得那是個奇熱的夏天，宿舍裡無風扇——在西湖邊上找到了浙江美術學院，找到了范景中、邱振中。范景中當時正迷戀貢布里希（後來與社科院語言所的楊成凱一起完成了《藝術與錯覺》的翻譯），我當時正開始鑽研形式論，邱振中在浙美專攻書法理論。我原以為那是純粹的國學，整理古人點評式的書論，喜歡在典籍中找微言大義，不會是「同學」。不料聊起來特別來勁：他迷戀現代詩，熟悉各種理論。談什麼已經忘了，只記得邱振中有藝術家中少見的魁偉身材，范景中是北方人卻是小個子：兩人都學不如其人。

形式論的最高境界是「可操作性」，也就是一個理論或命題，能應用於這類型的全部文本，拒絕停留在對個別文本的感悟體驗上。邱振中想在書法研究中建立的，接近這樣的境界：「使一種陳述有可能成為以後陳述的可靠基礎」。這一點與我一拍即合：可能這是因為邱振中理工

科大學教育的背景，我只能把喜歡中學幾何的嚴格思維作為我的「科學背景」。在幾乎沒有理論可說的書法理論研究中，邱振中立志為中國書法理論做一個全新的「基礎鋪設」，我研究的現代形式文論，卻是西方人已經經營已久的營盤，中國學界當時機遇做的只是補課。所以我對邱振中的雄心非常佩服，心裡卻存著猶疑。

但是邱振中成功了：他成為當代書法理論的開創者，以一家之言鳴於世立於史，人生能有此成就足矣。我沒有資格談書法，但是我喜歡邱振中書法理論的清晰架構：理論的表達，本身可以有一種美，像藝術一樣美。

偏偏邱振中也是藝術家：在書法藝術上，他是前無古人天馬行空之人；在詩歌寫作上，他一樣是特立獨行大開大合之人。他在任何領域都受不了蹈襲前人——哪怕是所謂名家大師——的舊塵蹊徑，例如他最不喜歡以臨摹古代大師為能事的書法。從 1980 年代起，我就陸續讀到邱振中的詩，我很難想像如此純然感性的詩出自一個做理論的頭腦，我自己自命為作理論的，也特別愛詩，但是我寫不出好詩，所以特別欣賞邱振中的詩。

邱振中的詩不是理論家的詩，而是詩人的詩：詩非關理，以理為詩，是詩之大病，不管用什麼樣美妙的形象比喻。我們讀邱振中的詩，不會想到藝術理論，不管如何高妙的理論。在邱振中手中，詩就是詩，書法就是書法，理

論就是理論。每一樣都做得高明，做得讓只攻一行的人佩服，這絕非易事。如此通才，現代「科層化」的世界中，已經不多見。

讀邱振中的詩，我們能感到他心中燃燒的是什麼樣的熱情。「**我從不向風景提出任何問題**」（〈風景〉）：那是一種體驗的熱情，察而不言，不破壞藝術的感官直覺性。藝術作為藝術，並不回答任何問題。但是經由藝術，一切都會改變。「**每一片經過這裡的風都改變了顏色**」（〈舞蹈〉），這句詩一樣是以舞蹈比藝術，比葉芝的名句「**怎能區分舞蹈與舞者？**」，比斯蒂文斯的名詩〈壇的軼事〉，更說明藝術的本質：藝術改變我們的自我，也就改變了我們對世界的經驗方式。

當藝術與藝術相遇，產生的不是理論規律，而是藝術的激蕩共振：「**一匹馬已經疊放在一匹馬上一隻手／已經融化在另一隻手的背影中**」（〈紀念碑〉）。藝術不可能通過理論來理解，理論不解釋藝術，理論只能試圖解釋我們對藝術的反應，即所謂藝術的「意義」；這種意義出現的方式，可能會有規律可尋：「**當一扇門中穿過的一切正好是另一扇門中穿過的一切時，我們稱之為重合，而不管它們相距多遠。**」（〈門〉）重合的不是藝術本身，是我們的觀賞。

那麼藝術究竟是什麼？回答這個問題，絕對不是詩的

任務，邱振中用詩歌在告訴我們藝術不是什麼，詩人只能知道藝術不是什麼。他最絕妙的短詩〈感覺是個脆弱的容器〉應當入選新詩的任何選本。其中有句：「**山脈離你遠去……山那邊人們都很高大／他們說著你不懂的語言**」。藝術永遠是我們不懂的語言，藝術在表現中消除我們行之有效的經驗方式：藝術讓我們對世界目瞪口呆，像看著大山遠去一樣。

面對藝術這個偉大的否定力量，我們只能靜觀，也只能靜觀藝術家的創作。「**道路不是在每一次跋涉中／都能把握的形式**」（〈關於一首詩的解讀〉）。面對真正的藝術，我們像看到神的筆跡，只能頂禮。真正的藝術靈光一閃，不是靠修養能得到的，藝術家本人也只能感動：這只是造物藉他的手指在工作。

很少有藝術家，能像邱振中這樣在理論之外，同時在兩門完全不同的藝術中出類拔萃：一門是書法這門古老的藝術，一門是今天還被人叫做「新詩」的現代詩，大多數人至今認為這兩者不相容。研究國學不得不經常接觸舊詩詞。耳濡目染，做舊體詩應當是順理成章的事。但是邱振中不，當代絕大部分舊詩詞是「做」出來的，做得再好依然是做，總會有匠氣。

而「新詩」是無法做的：才情無法裝，熱情無法功利。它是一種對語言純粹的癡迷，是超越理論的絕對境界。詩

人心處這樣的境界，是最孤獨的時分：他的經驗不可分享，哪怕言說出來，也依然不可意傳。「**我們在高處才能相見／但是在更高的燈火裡／你說：那不是／那不是**」（〈月亮的手〉），真正的美，永遠讓人覺得有一個更高境界。這種永恆的絕望和期盼，應當是藝術家徹入心肺的痛苦，也是藝術家最大的歡樂。

從這個角度，邱振中回答了這個難題：國學與新詩真的不相容嗎？中國國粹真的與現代形式不相通，必須封閉起來發展嗎？邱振中的書法理論雄辯地否認了這一點，他的藝術更雄辯地否認了這一點。藝術最有說服力地告訴我們：不是如此，不必如此，那不是，那不是。

*2009 年 1 月*

「秘響旁通」*

「詩人需要超越自我以達到一種超於自傳的聲音。當事情如此發生時,在詩性言說的層面上,聲音和意義像波浪一樣從語言中湧出,在那如今比個人所能期望的更為強勁和深邃的形式之上,傳達出個人的語音。」**

* 引自南朝劉勰《文心雕龍‧隱秀》：「夫隱之為體，義生文外，秘響旁通，伏采潛發，譬爻象之變互體，川瀆之韞珠玉也。」

** 見西默斯‧希尼：〈不倦的蹄音：西爾維婭‧普拉斯〉，收於《希尼詩文集》，頁396。北京：作家出版社，2001年。

# 詩

從無意敞開的洞穴移入形體
以它未曾凝結的姿態穿過
僵持著的時間把一批次要細節
壓進兩側岩壁

沉默的手臂疊成銳角支撐著你的
判斷關於門關於門的開啟書脊背面
雙向排印的六號字體之間
欲望繞著無援的枝蔓旋轉

在重重障礙之後湧向另一扇門
無法複製的語言避開一雙眼睛
又一雙眼睛為了避免許多眼睛迎著
懸浮的雨滴在最後一個山口站住

撕毀記憶那簡潔的折痕
打開又合上一部分詞感到折疊的痛苦
殘損的花萼從峽谷底部默默升起
充滿每一頁不可觸及的茫茫歲月

## 斷章

無數光斑突然從黑色羽翅的縫隙中迸出
燃起花朵那是我們曾經存在的位置
如今青草已恢復往日的姿態
疑問脆裂從而成為流年的第二個子宮

泥土中輕微的暗示早已被雜遝的步履淹沒
唯夢中的邊廓堅細持久
逐漸包裹月色背影中的冬青樹叢
包裹一個不斷失去智慧和柔情的夜

重新編織星象讓遠山回到天宇的榫孔
但誰來解釋林木沉思倒影與夜色的距離
呼吸如何按比例糅合
沉落又如何成為最後一個雙關語

# 宇宙之聲

夜色之外的另一重沉沒夜之聲
把孤獨者拋進無援的石壁
不可觸摸的疊置以它不同的紋理
把入侵者圍困
沒有突破沒有目標
纏裹生命如不同方向的海
沒有哪張帆能穿過
　　　所有的潮汐
它遠離語言
但柔韌如古老的傳說
線索飄流卻不改變終局
如網罟無形而不可對視
然而可以剖分可以抉擇
當你選中緊貼耳際
　　　那層薄薄的晚風
永不重複的音響便進入內心
溶化你深處的構造讓那兒
在每一種迅速的改變之間
留下寬闊的來不及化解的溫柔

## 風景

從背景任一點引申出
一副面具開始運作
你端坐著遠離一切姿態
磨損後被季風剝出新的岩層
越過河流人們帶走河水
在詞語和河床分野處你端坐著
　像一面空曠的扉頁
你掀開那扇唯一的
窗讓山脈湧入讓我們
包容夕照的又一次翻卷
所有的河將又一次啟動
你端坐著重複的時間
　　拒絕降臨

## 紀念碑

你突然遠去小到像一個不被人注意的
標點但窗框密佈的樓群在這裡
斷裂　用不著擦去你的
微笑只要輕輕一擊落下的翅羽
飄進另一個窗口目光如流火
擰緊雨聲擰緊鳥兒胴體
海岸附近所有道路垂首無言
儘管終局在第一道閃電之前
突然瓦解你無法逃脫那匹
解開纜索的坐騎白色鬃毛
梳理雙手如詩歌吟誦詩人鳥兒高舉
天空不能再一次失去那座星光迷茫的
環形山　回來吧鳥兒回來
一匹馬已經疊放在另一匹馬上一隻手
已經融化在另一隻手的背影中

邱振中　一隻鳥的可能性　1996

紙上墨水　29.7cm × 20cm

# 梅姬

## 一

第一眼記住了你的孤獨梅姬
在努力綻開的笑容周圍靜靜地鋪陳著
你的警覺向高處揚起手臂
你僅僅進入自己的
門你腳下是密佈的陌生的
池沼你知道每個人都挑選自己的堤岸
許多道路指向你你只面對窗櫺
隔著樓梯隔著高原隔著海
你出現的剎那世界突然
錯開隨後在不相干的河流中
流淌當感覺繞著波浪展開
你已經遠離原來的住地只等著
梯子上端的一個夢把你的目光
挽回梅姬你什麼時候
才能越過想像來到話語中

## 二

我無法疏通一部關於群山的法典
沉默是我們之間唯一的長廊
梅姬當空間的起伏開始構成段落
我們仍然遠隔許多春天
像無數細小溪流中的陽光
穿過無意的一擊透明的水草
與我鍾愛的幻想一同沉淪
如果你不回首誰能從背後解釋
人的漂泊誰能打開沉重的
命運之鎖而你平伸手臂
哪一面都沒露出懷疑的痕跡
廊道彎折時生活截去一角
而天空留在原處梅姬你兩次
把那個遙遠的星座砸進死海

三

你仍然害怕消失梅姬
從一次節目預報出發搖著你
兒時的風鈴去尋找一匹
七色馬所有草原都由你
量度在第一道柵欄前你隔著雲彩
撫摸了我在第二道柵欄前你帶走一切
已被分解的和絃你堅守著
黃昏到白天又堅守著另一次倉促的
握別窗前漿果樹一個季節
交換四回葉片梅姬你期待著換回你
同樣的四季遲到的候鳥
不挑剔不停留讓薄薄的翅羽
微微扇動周圍的人們聽說梅姬
你絕不讓任何意外
接近那座神秘的防風林

## 山村—1970

在大山內部穿過的日子很長很長
當它倒映在水田裡被寒風剖開
那些美好的堅硬的樹困死在人們手中
　道路貼著小河擺向另一座村莊

有時茅屋被暴雨撕開結果
那些黑色的圍裙倒轉成蒼穹
星星在腳下而色彩貼著坡地流走
　橋樑只為那溪流細微的日子存在

被奪走的話語在山脊另一面閃光
喚醒童年以來的所有憂愁會相思的
白楊最後記起風暴切入的位置
　烏雀潭日復一日開出死亡訂單

屋簷下走來怯生生的野花給我
一朵兩朵三朵直到整個衣襟無法掀動
直到始終遠離這些花朵的城無法掀動
　那煙塵累累的橫樑能負承一切嗎

巨掌高懸掌縫漏出註定被時光播散的
咒語據說愚昧是留給所有日子的飾物
但給我一條回到清水河的道路
　田野崩陷處正唱出不寬恕春天的歌

## 洗衣石一搗衣石

所有的敲擊都漸漸遠去
你靜靜留意這古老房宅的傾圮
雖然沒有任何壓力能威脅你的存在
你曾在地心的七重火焰中
熔鑄但此刻重荷
移至一個可以觸摸的位置
你不能不思想儘管對你來說很陌生

劈柴壘起的支座已經過去了很多年
那些刀痕不正是
當初你從另一面協助的結果嗎
它們免去爐中的烘烤以另一種形式
死去而你註定比它們長久

近處是古宅不倦的溪流所有遺棄之物的
必經之途你聽見過許多談論
關於陰謀關於暴力關於腐朽而你遠離
一切由於你的孤傲而避免了傳染
絕望與溫情都與你無涉你難以被

偶爾凍結的冰層所傷害

你痛苦的是沒有自己的移動默默地
等待著打擊搬遷和無意的沖刷
路很近腳步很響但你沒有打開過
這一類感覺吆喝仇恨都不避開你而進行
你面對人類的下部

如果你孤獨那是你的誤會
許多原先美麗的手觸摸你雖然脂粉
都隨著水流給更低處的事物
帶去溫柔幻想及其它她們知道你
堅硬只偷偷給你唱子夜歌

你親近過的征衣或許已經破碎成齏粉
在邊塞的烽煙中在坍塌的墓室中
為寒冷的軀體保存某種記憶
其它織物還能穿著能洗滌但已不由你
承受況且它們的日子所剩無幾
你不想讓遠古與不久前的往事混淆
不如把它們縫合成
一件衣衫替你遮蔽冷漠

自從你被閒置沒有誰替你整理那些
逝去的日子你無法講述
每一件事情的歷史人們不用傾聽
他們的一切也都在歷史中
儘管有些日子像你一樣沉重
有時仍然需要一種更沉重的事物
壓倒一切不讓它們發出
任何令人不安的聲響

# 日全食

一顆蒼白而沉默的古蓮子
我們分享你黑土中的絕望

你在陽光、性與夜色之外
讓整個世界面臨一次選擇

你那鉛鋅合金的手掌
你那無邊的化石的汁液

為我們心底將要發生的
預先澆鑄一個沉重的殼

## 英吉沙爾小刀

你送我一把精緻的小刀
每一條弧線尾端都拋出一個
鋒利的吻它會不會
割斷自身牽出的
思緒如繞著手柄展開
但又突然被中止的圓

那不成熟的指環不分晝夜地
繚繞在七座無法安寧的雪峰之間

邱振中　從海洋到天空（之一）　1996

紙上墨水　29.7cm × 20cm

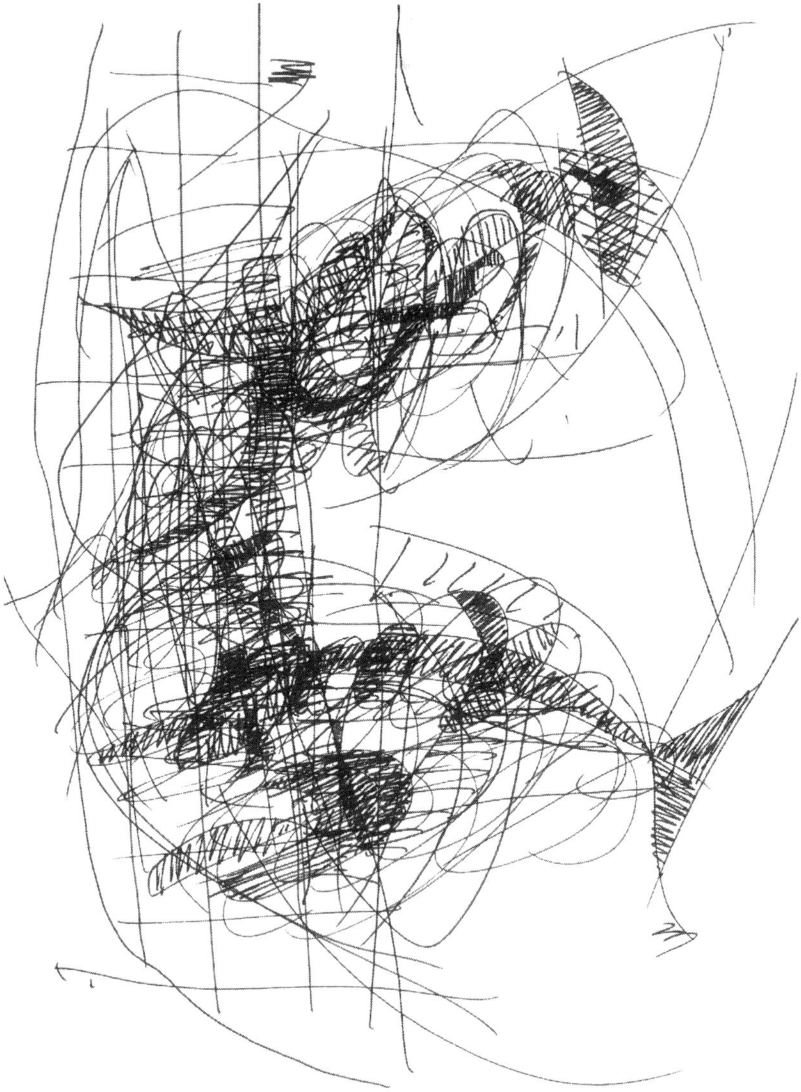

## 二重奏

我幾乎成為
一柄
粗重的鞘你抽出
手

劈開往事如閃長岩
岩面
你留下
眼的莊嚴手的孤獨

採集岩礫為了你的
空壘
在過往者的傳言中
拆解　拼貼

關山錯移
你徒然挽住
那片
紫晶石般的大地

你不相信忘川
久久懸擱於星宿上空
你交給我一些
骨節堅挺的陳述句

告別　一次
又一次
我聽見手進出
那饑渴的金屬的聲響

# 冬天的故事

平緩的山崗引誘你
在雜草在決開泥土的頑石之間
往上走去一條不可化育之路
蔓草枯黃但在你身後重新並立
季風搖過六合中唯一的響動
陽光伸手可及
河對岸山脊林木
由於你的行走而拔節

冬天悄然而至一個
貼著純真之眼
彌漫開來的冬天
山巒在你的手中坼裂而它
曾經那樣柔軟豐腴
偶爾一片圍好的土地
壘石在膝下像殘破的城垣
你繞過於是漂流不定的道路
指向山頂把前前後後的坡谷
攬在懷中風衣口袋
留下另一雙寂寞的手

由於空曠和風對話簡短
隔著一道緩坡你呼喚
幾乎在節候的另一端
才收到回音而且微弱你說
沒有期待便不構成海
你在一塊鋒利的石頭背面喘息

仍然有斷崖你想像
跨過河的另一面
沉沒於常青樹叢中葉片
像鱗片一樣覆蓋你
洪水來臨時你假裝消失
森林另一面是能夠飛翔的雲

你為未來謀求一塊休憩之所
試著行走試著睡眠
你蜷局在群山的沉默中
沒有喬木陪伴
河流漫過最後的時刻
你驚醒擋住譏諷
像擋住夢中的潮水

於是從暫時的高處
退卻懸掛於另一支手臂
間歇地觸及土地龍爪花
就這樣一直走到
另一個季節一直走到
陽光如金子般沉重的南方

## 感覺是個脆弱的容器

感覺是個脆弱的容器
常常把一切攪合在一起
而你用細細的手指
分開這一切沒費什麼力
理出了山理出了河
河水繞著你的手指流淌
山脈離你遠去
那是你走不到的山
　　　很粗糙的山
由於你的撫摸而變得堅硬的山
山那邊人們都很高大
他們說著你不懂的語言

## 暴雨將臨

翻過樹葉們另一面
猛然攪動那些更柔和的綠

陽光之外生長的羞怯的生命
正在狂風鞭打下伸出

彷彿貼著屋頂掠過的烏雲上
插滿一隻隻絕望的離別的手

## 迫降

當陽光從另一面撲來
還不曾到達震動已穿過
夜壓迫我的耳鼓
我聽出那是你
在山巒樹叢的褶襇中
播弄塵土為了丈量
往事無法合抱的手突然停住
等最近一場洪水結束
取回那段預言
在所有河流中洗滌過的
詞語從另一端
繞過你纖巧的身軀

然而敲擊聲將到達的音信
折斷風的碎片死亡的碎片
白色高原的違禁品
蜷縮在靠椅沉重的紋樣中
帷幕在刃口滑行堆積突然靜止
沉重的簫管插入沃土

## 狀態—IV

　　如海棠越過枝頭
　　如驟雨在空中的陣列

　　我們在眾神九月的明眸中
　　　悠悠長眠

## 對風景的一種理解

你側臥的身姿正對著你
　　啜飲過的泉
淺絳色的波紋洞開
隨著林梢的起伏
在第一聲歎息中
打開黑土的窖藏
打開層層疊套的
　　目光和服飾
在早已握別過的
景色中佇立面對
突然轉過另一種表情的夜空

不能直接彎曲和表達如星光
最初的位置沒有誰
像你這樣仔細撫弄風
把剩餘的波痕
　　折疊成一座雕像
群鳥肅立在很長的日子裡
重新喚醒

一種意象或者
一棵會在晨風中哭泣的
　　櫻桃樹　　果實
在陽光和黑岩無休止的爭論中
沿著丘陵滑行
在偶爾出現的卵石上逗留
直到渾身長出金屬的棘刺

我從不向風景提出任何問題

# 關於一首詩的解讀

如一枚綠色的堅果
在齒縫中滑落
小山另一側蔓青叢中
重新拾起於一道紋理一塊色斑
停下為了找到
進出的門

道路不是在每一次跋涉中
都能把握的形式
詞語像成熟的喬木
突然被地殼的起伏牽動
指向天空不同位置
一旦出發再也無法
從穹隆深處
採回所有目標

誕生時風的形狀很遙遠
沒有什麼能代替觸覺
手與詞的碰撞

無意打開
一千隻眼睛但只有七隻
互相連通透過它們
我看見你
在另一道門檻前哭泣

# 瑪利亞的女人

你靜臥於雪原
冰川藍色的衣紋
隨著你的呼吸飄動
夢中的河穿過你的雙眸
漸漸沖去激情的痕跡
修正回憶

你忽略了姿勢那狂歡的唇
還帶著最後一吻的輕響
雙腿遺忘在途中
失去的感覺
沿著上山的坡道
與歲月嬉戲

打開裹著的氈毯
你的秀髮中有烏鶫的話語

邱振中　從海洋到天空（之二）　1996

紙上墨水　29.7cm × 20cm

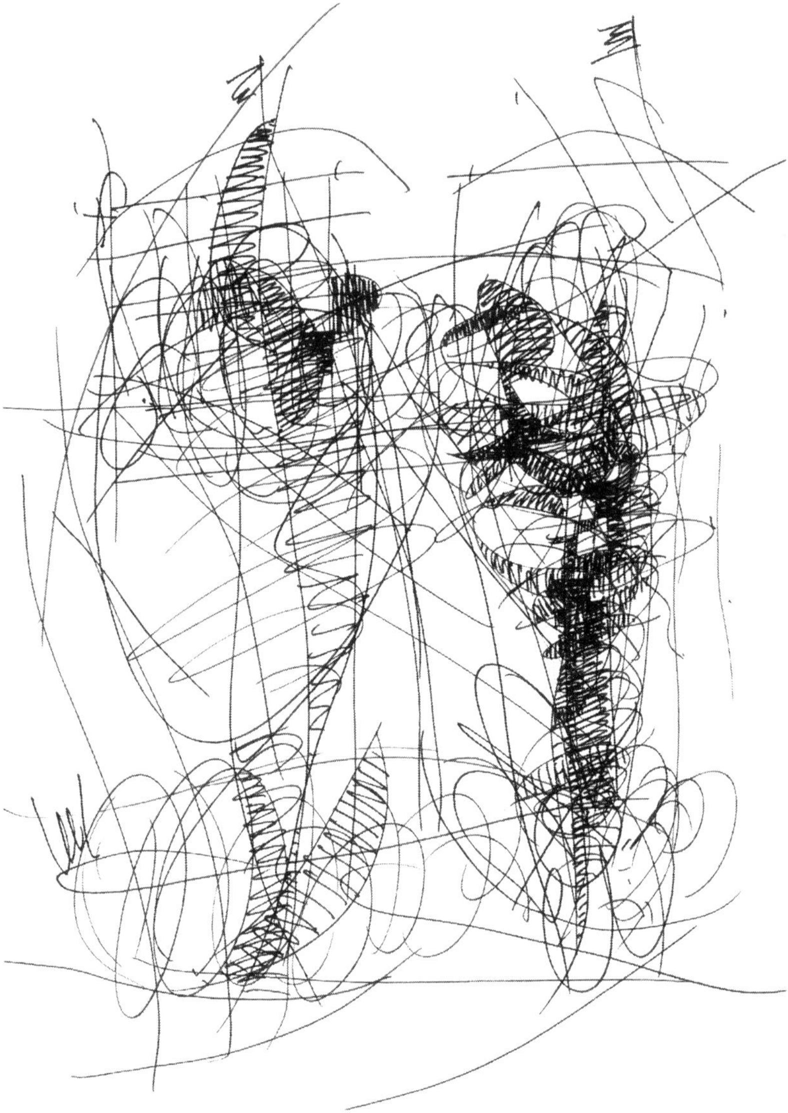

# 星夜

唯一真實是前方的星夜
逐漸鬆弛的寬闊的器皿
被一絲嚴酷的相似驚醒
困死的記憶突然
從一個小小的坡道湧出
如夜空斷裂颶風
把你從街心拔出
如從土中拔起一棵樹
剝去枝葉抽打
你的蒼白你的顫慄

歲月曾經老去下游
洪水浸潤的葦花
是一束曬不乾的冷漠
一個漏泄的海
如隔夜杯盞的岑寂
但回憶卻永不蒼老永不淒涼
不是為了人為了水草
為了兩端開杈的樹木

交錯的雲石始終照亮

事物背面的胎記如一冊

反復標上頁碼的書

錯誤在於不能經歷一次

真正的死亡

把所有詞語劈開

尾部是傳說而起端是吻

四肢延長到子宮

我們便擁有許多廣闊的瞬間

我們便能在每天復活的道路上

在往事與歷史之間

不斷用陌生的字體

寫下讖語寫下親眼所見的苦難

寫下彤雲往來的恢宏的面容

## 斷片

深藍色的日子
在你指尖飄動一條
廣闊的弧人們僅僅在邊緣舞蹈
關於船的回憶遠去
只剩下擦拭杯盞
在門的左側
伸出
細小的巢

空山如鳥
撇開你今夜的歸程

## 書簡

越過視線日子像冰河般
脆裂但不會散失
打開所有港汊
退出船像退出
另一場合被暴力所震撼的臉
你看見艱難的鳥在暗中傳遞
你希望把不曾經意的絕望
讀出聲響

黎明到來時
一個孩子的啼哭
就是一柄
鋒刃環繞的利器

## 兩棵樹

這裡曾經是兩棵並立的楓樹
為了陽光　避讓　緊貼
深紅淺紅在一叢蓬鬆的冠冕上
盤繞　深的是一隻鳥淺的是一隻鳥
鋪開各自引來的雲天

重來只剩下一棵楓樹但布滿
用生命描畫的空闊
每一處最初都是另一棵樹的羞怯
那微小的錯綜你們才能歷數
如今只穿過冷漠

那精巧的虛空如何縫合
用自己的生長
還是用一棵別的樹
一對異體而共生的羽翅
終究不曾用於死亡和飛翔

後來的人們無法沿著空闊
尋找風景只是偶爾詫異於
生命的奇幻　蹲伏路邊
一隻暗紅色的
永遠空出某些器官的鳥

## 老虎

> 天下有始,可以為天下母。既得其母,以知其子;既知其子,復守其母,沒身不殆。
>
> 《老子》五十二章

當你燃燒的一面貼緊
那堵巨大的牆
你總不能永遠保持你的
冷峻你一隻來自遙遠雨季的老虎

山脈在初生的寒風中
升起沿著泥濘的道路
每一隻手上下翻飛
唯有你的陷阱沉靜而雋永

一個謊言比你斑爛的漩渦
更長久你悄然降臨你
摧毀許多黑夜
摧毀許多期待過你的城池

夕陽不過是個偶然的錯誤
一枚上帝不停打磨的
手斧蹣跚的危險的馬排列成行
徒然在夕陽中尋找你的故居

你認為那只是你的黑夜
因為你只在黑夜哭泣奔走
修剪過的四肢謀求與另一面會合你
深藏的言語正掀起北方冰雪的狂濤

## 舞蹈

你跳躍時雙手從身體中伸出
像扭動一尾魚倉促地把內臟
向外翻出

叉開五指從眼前緩緩移過
一道透明的柵欄
每個指尖放出未被污染的鳥

每一步都接近核心
每一步都繞過開花的軌跡
我們走進另一種不眠之夜

在你不安於初雪的眼睛中
漸漸長出橙色的灌木
每一片經過這裡的風都改變了顏色

# 水鄉

我們像一對魚懷著
彼此的信託擘開水面
插進手探尋夜之所至
把波浪撫抹平整
也壓下聲音
避開岸邊的燈火一閃一閃
走向事物深處

當我們第一次離開水
已經過去了很久對水的
饑渴悠長的情結
陽光的打擊來臨
我們無數次夢見
水正如這成片的冷杉林
垂直落下指向湖
那是你們的歸宿你們的
黑夜一個聲音這樣說
每天每天
在枕邊在空中

像暴雨
穿過毫無遮蔽的歲月

石頭在腳底沉落
帶著一種未經著錄的
語言光滑如脂澤
改變傾斜的角度
用整個軀體閱讀一個世界
水的喋喋沿著四肢
上升到更高的位置

唇在湖面浮動
我們的選擇水
比空氣清晰
能準確地度測
但最終無法消失的距離
使皮膚變成潔淨的牆
火焰在牆頭旋舞
在夜色中留下印痕
唯有你的手指
貼著飄忽的焰心
感覺出時光的流逝

我來自水嚮往海中的床榻
中間是漫長的苔原
然而此刻的匯合還有你還有我們
第一人稱和第二人稱
奇跡般地叩開水
它的起伏它的拍擊
充塞我們的虛無
有時代替
孤寂有時代替思想
如孩子們的遊戲
鵝毛管中的
空氣一段一段被隔絕
被輪番推入
這個世界
被我們的呼吸驚散
再也無法
回到那些誕生過生命的
古老而潮濕的庭院

邱振中　容器（之一）　1996

紙上墨水　29.7cm × 20cm

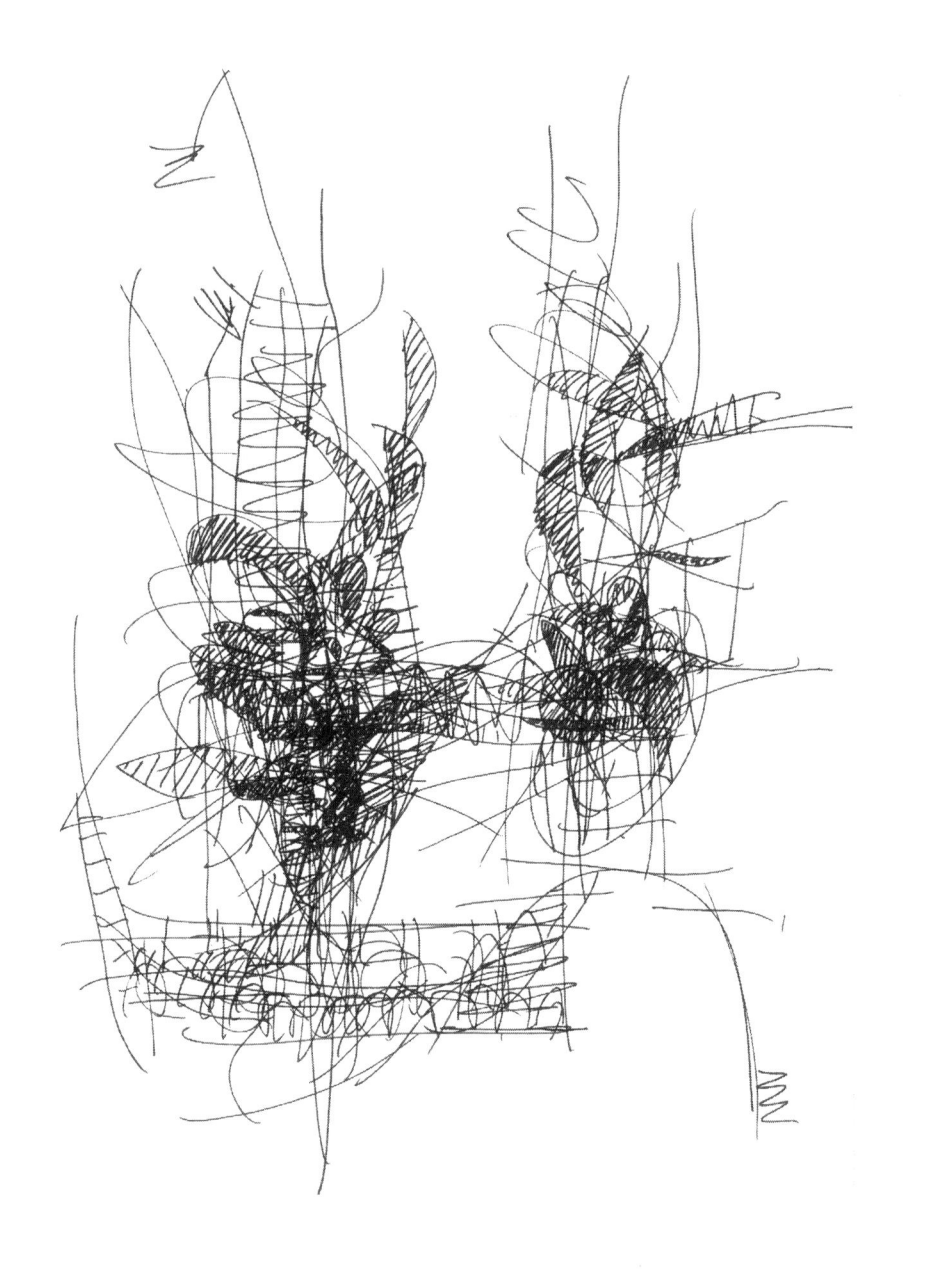

## 記憶

也許被江水沖刷得太久
山影也像江水一樣流著
沒有明顯的起伏在藍與深青之間
隨著天氣的變化而變化有時
空缺一會兒叢林出現
稀疏的枝葉間
永遠是淺灰的天空
幾百里無心的排列
一條窄長的風景一條
曾經隨著我流動的河

風物的清晰記憶的確鑿
合成一股莊嚴的力量使我屈從於
時間這些山水之間的時間
似乎什麼也沒有發生
緊接著某一波浪的流水
不能設想在別處
逗留一些時辰
又回到波浪之後
那樣無法理解水的缺失

在那空出的一段河床上
人們將無所措手足無法
處置一個突如其來的背叛
然而如果我不曾離去
又怎麼會有重逢的慌亂
怎麼能把單調的河岸變為記憶

流浪是不能改變的境遇
我們尋找意義得到的
僅僅是形式
每一種感官後面
都只有簡單的事實如江水
只等著在未來的某一天
變得無足輕重或者
由於許多無關的碰觸而豐滿
於是帶來溫馨帶來富庶
如手心那枚從小緊握的
銅幣歸根結底
僅僅被記憶所造就
一種脆弱的非物質的個體
記憶光線記憶文字
記憶很多不該記住的
東西例如你

## 穿越叢林

深秋隨意踏進一片叢林
隱入陌生的灌木
如悄聲滑入湖水
無盡的枝葉永恆的天空
遠離人群伸出手
希望與每棵樹擊掌為誓
為一切來不及成熟的
愛情因為風
經過或者我的來臨
飛禽四起
樹葉和光影的變幻
把我帶進落葉灌木的
孤獨那雙自古以來
向內張開的眼睛
漸漸穿透胸腹

這樣的日子我僅僅是
一棵能夠移動的樹
沒有名字沒有回憶

融入自然之手舒展感官
像在太空打開面對陽光的
雙翼每一步從大地吸取立即
用於開放用於生長
那些受到擠壓的日子
由於一片平凡而免遭人手的土地
比所有日子寬大如一件
滿是褶皺的大氅從深處
托起這無法一眼洞穿的叢林

突然一片空場
密佈的樹幹像一雙雙
溫柔的手從一段距離之外合攏
從邊緣小心地捧起這張
堆滿落葉的床榻
（它為誰而鋪陳？）
陽光透過樹幹像透過
晶瑩而充滿血氣的
青春的手指湧入
這片林中隙地
一口貯存太陽的深井
陽光從井口向四處流溢

沒有哪兒集中過這麼多陽光
這麼多黃色從金子的閃光到淺褐
流轉在每一葉片上傳遞
那些親密而隨意的姿態
僅僅與陽光和風雨的漂流有關
墜落時的翻飛旋舞
都留下變為不經意的
觸及和私語直到我
貿然闖入

一個生與死尚未分離的時刻
如一支箭
穿過整個青春期
我無法回到我的面具中
拒絕思與語言的分離也就是
拒絕關於生的常識
那些被恐怖和迷信擠乾表情的臉
圍向你等著
擠乾你的表情和尊嚴
從人的廢墟中長出蔓草
（不再有灌木、喬木和森林）
我盡力抵擋逐漸荒蕪的歲月

在那些看不見出路的夜晚
我獨自設計美麗的死亡

## 無翼之蟬

被酷暑撕碎的語言
昨晚在窗外歇息
命定的綠色
　　　　　生養之地葬身之地
留在你身後
　一次蓄謀已久的背離
　一次無意的航行


金屬與瓷的河岸
在微陽的彈撥下振響
　　　　　　　另一重語言
不容偏轉的語言
你的訴說
隔著死亡之河
羞愧　憤怒
　　　　從不曾截斷你的長吟
流入星河的二月的黑水
凝結成額前的觸鬚
　　　　　而翼呢

夜與晝

連接一條無窮的經絡

橫向的路被阻隔

      被雷聲擊穿

融化在深潭中的原道

應和車前草的開合

一扇一扇

透明的格局

沒有結的網絡

隨著水星的遠去而洞開


你在水紋的陰影中

那時所有節日都開始撤離

為你們的形上之思

應對的機構

    鬆動　漏泄

勉力滑行於聲響的盡頭

  一個桉樹不再開花的日子

  一些塵土般被吹拂的雲

　　　　你無法選擇第一隻手
　　　　古往今來
　　　　　　　　尚未被暴行玷污的
　　　　　支撐物
　　　　　　柱體
　　　　無端之弦
　　　　　　　　如一段自語
　　　　裹在瀑布之水堅硬的殼中

　　　　如果還有一次飛行
　　　　所有器官在空中伸出
　　　　　　　　　　化為扁平之翼
　　　　巨大的摩擦　攪擾
　　　　奔向另一次
　　　　　　　　撕裂的恐懼
　　　　如深處的氣泡
　　　　湧向出口湧向初始之鐘
　　　　　　　　絕望一同升起
　　　　每一個破裂被修復被擡舉
　　　　在同樣的高度上
　　　　　　　　　避開殺戮
　　　　一次比一次迅速

　　　　損毀的欲望
　　　年復一年
你留下傷痛之地
那彌漫於城區上空的脆弱的懸念

## 陽臺上的花布衫

把軀體排空
你只剩下色彩和皺褶
垂垂融入陽臺下規整的風景

不規整的風
來自一位偉大的手淫者
不時掀開你的隱秘如百葉窗之柄

無數次開闔
永不重複的隨意的播弄
讓裁剪者驚愕於物的詭譎

唯一的一次你旋轉著
如火鳥的飛翔
在邊緣畫出一個緩慢的圓

一個小小的缺口上升
在花的莖杆上停住
（召喚所有清晰的手）

從懸掛處的弧線擴展
無數希望之珠沿著弧線滾落
（回答所有空洞的手）

而邊緣仍在上升
千萬顆太陽在衣襟下同時湧出
中間是你沉靜的初始之詞

因為你的滿溢而飄散的光
在那俯臨塵世的空曠中
解散風景解散所有懸崖邊的女人

# 肖像

## 1

眼睛在睜開的瞬間已經偏離。通向一座擬議中的橋。下端是弧,上端是更誇張的弧。一些偶然飄垂的線把構圖引向無窮遠。
眼睛之外的臉,躺在平臺上看風景。

## 2

許多不規則的船在凹陷處遊動。畫出的箭頭有時穿過倉壁。文字在高處。是疏忽還是預謀?
水面無法調整。傾斜的,扭曲的,以及近於孤獨的水。

## 3

在不適於植物的地方,你開了花。花瓣從看不見的遠方生長過來,到這裡已是彼此隔絕──像是一群遠親,在節日桁架的底部懸掛著。
等著風,等著奇跡,讓它們乾燥,並重新感到溫暖。

*4*

你腋下有一匹想像的馬。它在往事密佈的沼澤前停了下來。巨大的混凝土柱，一根接一根。很小的空隙。──你不分日夜地追問自己：是讓馬先過去，還是讓自己先過去？

*5*

直線永遠是個意外。

每一條線都接近於直線，但它們不知在哪裡開始與另一條線融合。──結果，既不是直線，又不是曲線。

既不是河，也不是岸。

只有那些最細小、最謹慎的鳥能逃脫。

*6*

誰也不會想到一張臉上能開出這麼多門。

未完成的門。沒有一方門柱能找到相稱的另一方。重疊、比試，甚至遠途跋涉。

所有的門都新著，空著。

邱振中　容器（之二）　1996
紙上墨水　29.7cm×20cm

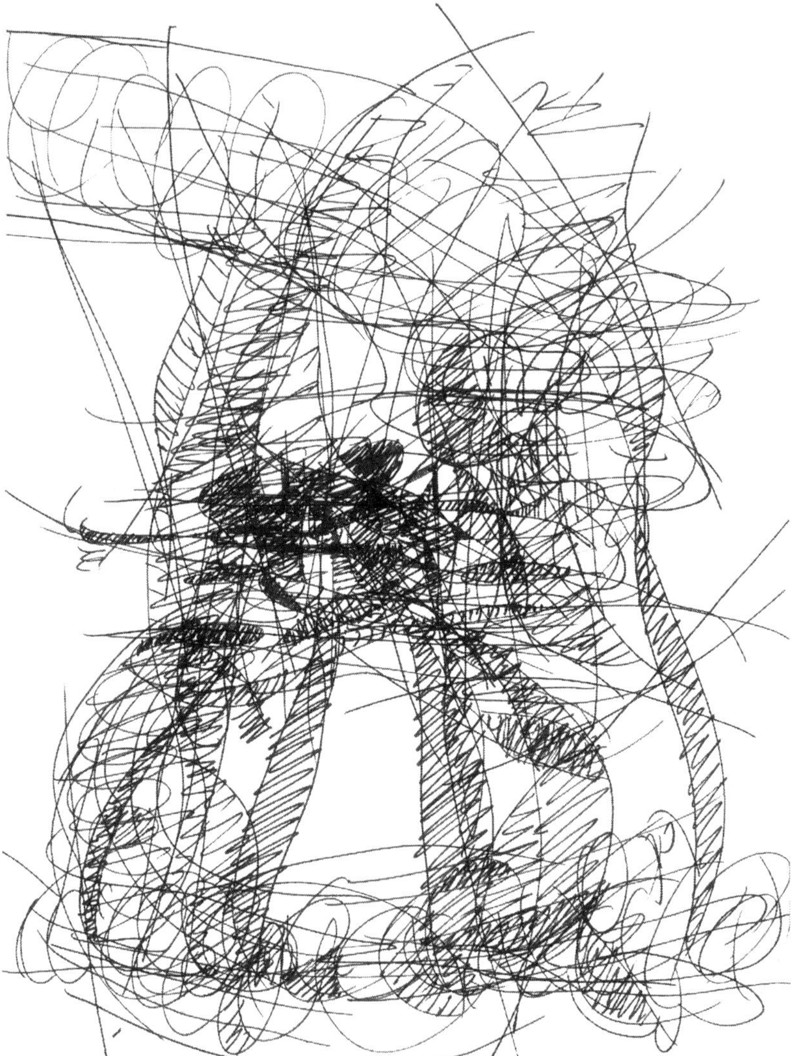

# 門

　　對世界來說,這兩扇門以及所有的門都不重要。門,以及從門洞中和門洞外穿過的一切,都屬於這個世界。當然,對它們自己來說不一樣:穿過一扇門的風,也許有幾絲也穿過另一扇門。

　　當一扇門中穿過的一切正好是另一扇門中穿過的一切時,我們稱之為重合,而不管它們相距多遠。

　　人們有時希望把兩扇門貼得緊緊的,使一扇門裡的風完全吹進另一扇門。

　　例如一吻。

　　這時所有的存在都穿過同一扇門。

# 最後的海棠

所有來不及開放的海棠
都湧向這棵樹一株
來不及長成的喬木
倉促地綻開的花
盡力伸展纖細的脈管
從枝頭密佈的花朵的縫隙中湧出

花瓣如緊扣在弦上的箭鏃

一個陣列

一個生與死的界說

一個從羽翅到化石的漫漫長途

# 語言

柔弱的觸鬚
被風吹上石壁
那堅實的碰撞
一次一次又一次
使無色的血液
倒流

## 雨中樓群

你拍打瘋狂地拍打
企圖搖動那些綠灰色銀白色的樓群
用你來自海洋歸於海洋的一生
瘋狂地拍打你要喚出
你未曾觸摸的事物
在城市的喧鬧之後
揭開所有街道的創口
你使勁拍打
    用你的胸部
一陣一陣粉碎的危險
暴雨中那白色的粉塵
如樓群的肌膚
一片片撕下拋散在雨中
你拍打你瘋狂地拍打
但那些柱體不會打開
透明的隔板
你的瘋狂繞著柱體呼叫
隔板另一邊
一個人張開大嘴喘息著等著

狂暴的雲雨
　　　　　宣洩　震顫
揭去神經的屏障
與你的瘋狂會合
拒絕信仰讓城市
退回柱體內部
種下
　　無邊的風暴叢林
無邊的
　　　風暴風暴風暴風暴

## 車窗風景

暗紅的菱葉
深重的水
不搖動
遠上村落的路
在塘的周遭盤曲
回到塘
輕盈的板伸向水中
你曾經頻頻渡過頻頻
懸浮在塘中央
非東
　　　非西
非南
　　　非北
低頭漂洗髮的柔軟於黑色
水一捧捧從上淋下
與髮交纏一掬一掬
在頸的承諾下流動的暮色
緩緩升起
噙著水塘你

一掬一掬地撥弄
不改的鄉土的水
從上淋下
在黃昏的思念深處
潑下十月之霜

## 狀態—III

終於把河握在掌中
如握住一聽寒冷徹骨的飲料
貼緊肌膚
　　　　疼痛地
懸垂的荊棘
紫色的蕊在風中爆裂
那倉促的日子
柔順地無情地
依次沉沒
幽暗的從內部點燃的火
推動水
　　　扭轉水
像鋼鐵之結
在任一位置停下
讓手
　　記憶造物的艱辛

長久地機智地握緊河
它的轉折與你的轉折

它的規整與你的不規整
兩個決不相似的卵
在離奇的頂蓋下受孕
如一只無窮關節的手
停留在半空
　　　　　　貼近生殖
手指
　　那一去不返的閃光
與金屬的交織
一道冷酷的環
足以致河於死地
但此刻僅僅徘徊在源頭
那些流暢的鋒刃
等著下一個季節
剖開你心中擁有的圖景

你收藏黑暗
　　　　　　精緻的六合
一隻被隔絕的鳥
數不清的彩帷
覆蓋你黑暗的中心
那曾經觸及過頑石底蘊的理智之力

那曾經在母親乳房周圍被喚醒的生命之力
舉起河
　　　　傾注於你的懷中
那沸騰著秋蝨
狂亂的呼喊
無邊地擴展的平原
支起一端
　　　　哭泣
　　　　　　夜
一切形體的始基
通過水調整你們共同的軀體
各自的水
蠕動的洶湧的水


河終於在手中流失
平滑如鏡
貼著你深處的構造
像風掠過感覺之樹的頂端
無可挽回地
空空的殼
　　　　寒意的殼
河水在消失重量在消失

你空出臟腑

放下河床
舉起手
　　　　你莊嚴的一擊
被遠方的樹所阻攔
被星光所迷惑而終成絕唱
你緩緩落下
不旁顧四山的開合
你在時間每一次短暫的休止中
插進岩石的冷漠
落下落下
如一聲長嘯
去探測雲隙的淺深

河床碎裂
水沫與砂礫隨風散佈
例如你的行走
那風的侵入
　　　　使每一個姿態
又緩慢地回到石頭
魂靈之舍

屬於你的一隅
飄落於一切罪惡開始的瞬間
或許是另一座
　　　　　暗藏的井穴
未粉碎的鹽升起
軀體的岩石上
每一次相視而凝成的苔痕
成為未來的草圖
一萬年或許更長久
河床在橘林上空重新聚集
那時每天準時出現的夕陽
將打開枯死的岩壁
在那裡
　　　人們正襟危坐
一次又一次
面對
寒冷的天上的別離

## 狀態—IV

陌生的屋子
微笑突如其來
仿佛從空中
升起不安的手
放平再貼上
沒有完成的牆
你談吐像一條長長的絲
潔白地繞著屋子
構成一種狀態
讓人感到
再也不可能走出屋子
更衣或者倒立
在許多無意的間隙中
裸露的感覺

## 狀態—V

黑魚寬大的背脊浮出水面
但比想像要細小的手
輕輕滑過沒有依憑的
懸擱於空中的力量
水從邊緣淡出
周圍的喧鬧
如一張鬆弛的網
無聲地穿越
突然從你的背脊閃過
陽光和植物的波浪
炫目的魚
那時什麼都不能挽救
一種來自水中的欲望

邱振中 〈作品〉 1998

紙上墨水 29.7cm × 20cm

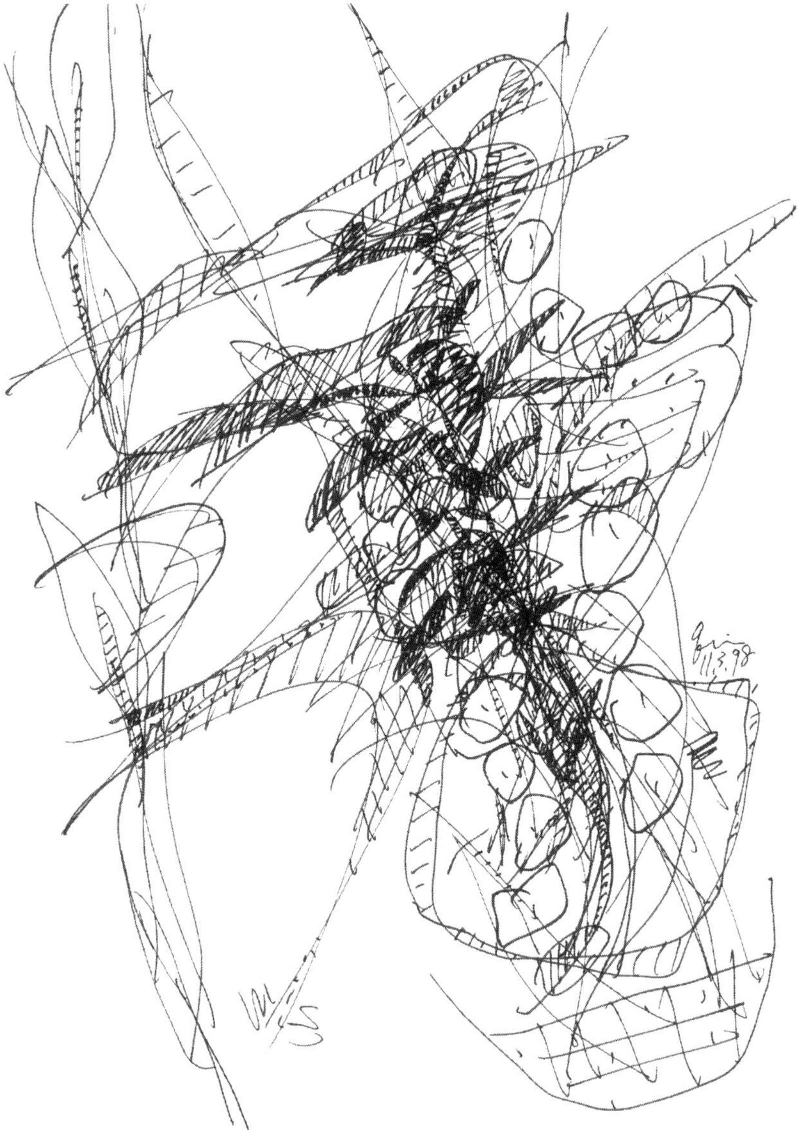

## 狀態 — VI

從背面去接近一塊
例如說石頭
由於詞的朽壞
你們就那樣
方向曖昧而終於沉默
一種感覺你從未得到過
真正長久的
例如說一隻鳥
從高處側過身化作
一條線一片刀鋒
默無聲息地
勒進我們的軀體

## 陽光下的杯盞

玻璃杯的側面站著不銹鋼杯
器皿們談論玻璃不銹鋼及其它
一個純淨的圓籠罩著玻璃和不銹鋼
一個搖動水一個沒有搖動一個不知道搖動不搖動
在一個除去此刻註定不再相遇的桌上搖動
紅色的杯盞透明的向不透明的質疑
當你能選擇一個進入玻璃和不銹鋼發言
粗糙的杯盞向光潔的杯盞說話
不知道下次是玻璃還是不銹鋼
打開在潔白的桌布上躺下
簡單而雄辯地站立兩種聲音透明而粗糙地相遇
跪著的蹲著的在各種姿勢上靜默鋼鐵開始說話

# 公路兩旁的樹

公路兩旁高挑的貧瘠的樹
被風所壓迫所侵佔
那葉片的磨擦訴說你搓揉你
那高處的彎折經過你背離你
那內部的汁液流向你呼喚你
那被挾持的空間擁抱你捶打你
那柔嫩的葉片貼近你打開你
那鎮靜的泥土感覺你暗示你
那穿越的行人尋找你渴望你
那避過氣流的枝梢折回你遙望你
那短暫的回覆企盼你迎候你
那偶爾消失的距離貼緊你憶念你
那每一次的搖撼重復你想像你
那突然閃過的叢林睡眠你沉靜你
那茂密的記憶之海誘惑你埋葬你
那稀疏而貧瘠的高原之樹啊
那已被風的遷延而孤獨的異鄉之樹

## 蹣跚地跨過荒廢的稻田

蹣跚地跨過荒廢的稻田
寬闊的腳印
　　　　　空洞的人物
一個接一個傳遞水
那是我想像的巨大的耕種
欲望的稻田　無望的稻田
曾被童年的筆觸填滿
　　我沿著稻田
穿過那些空洞的巨人瞭望
等著你的影子
從山的肩頭吹來等著風
　　　　　把我們吹為一體
在被想像翻耕過的稻田裡
把我們重新栽種

## 傳說

水杉環繞的小屋
佈滿故鄉的樹
　　　記憶中的故鄉
到處都是樹都是三月的風雨
一位智者走來
說些讓樹變得輕軟的話
粗心的鳥害怕湖水的遠航
夜夢不勝寂寥於是
回到隔壁的簾下
咳嗽　喘息
遲到的康復
就像復活節的稻草
　　　　一直鋪向天際
　　那黃金的日子
　　　黃金的落羽
——外用・禁止口服

# 在突然降臨的獨處中

在突然降臨的獨處中
虛無纏繞你
滲透你從未動用的城廓
數不清的迷失　再生
如一片蒽蒽的手伸展著
你決心留下那時
　　　　　　內部的黃昏
開始流出多餘的詞
　　一　二　三——
那整齊使人驚愕
使椅子在胯下陡立
　　　　如棱柱的光影
搖動　分離
　　　　漸漸合成一柱幽石
那烏黑的馬還有遠山
　　　　　　遠山——
　　　　你喊著
那些我們為之頻頻回首的
　　　　　　山和樹

你像逐漸豐滿的果實
在風中在我們想像的簷下
　　　　　　　　搖晃
雨意正濃　你手撐廊柱
　　　　微笑
　　然後
　　　打開一道水做的門

## 叢林猛獸

一個遙遠的旱季
懸掛著
山在雲附近
來不及修剪
清晨
你越過
一匹充滿錯誤的馬

薄薄的兩肋
在風中
變換
一面是黑夜
一面是星辰

巨大的天幕
靜靜地等待思
但遠離文字
儘管周圍是
陳舊的傷痛般

高聳的話語

翻閱
偶爾的叢林和淺灘

離開投石器的河
不同於海
手稿
大於河床

穿過金屬小屋的路
每一道門
照見魚
游出澤國

夢從水底升起
貼近耳際
像過於緊迫的院落
突然
湧入蜂群

小到極致的太陽
在毛皮的漩渦中
尋找
每一個你

那燦爛而冷酷的野獸
正依靠絕壁
在清晰的骨骼中
停下腳步

# 月亮的手

我們都不喜歡的歌
但一個人說:他愛
於是我們深深地
觸摸你,如觸摸一個陌生的聲音
你說:我愛

月亮的手不能繼續移動
你我的手停住
如最高的枝條上的
虛空
的無

你隱藏的悲歡
在一個小小的許諾中
你說:
誰說的不可能?
遠方是我們的城市
與家無關的城市
每一次為我們打開門

打開
銘刻在空中的咒語：
我們在高處才能相見
但是在更高的燈火裡
你說：那不是
　　　　　那不是

邱振中 〈作品〉 1999

紙上墨水 29.7cm × 20cm

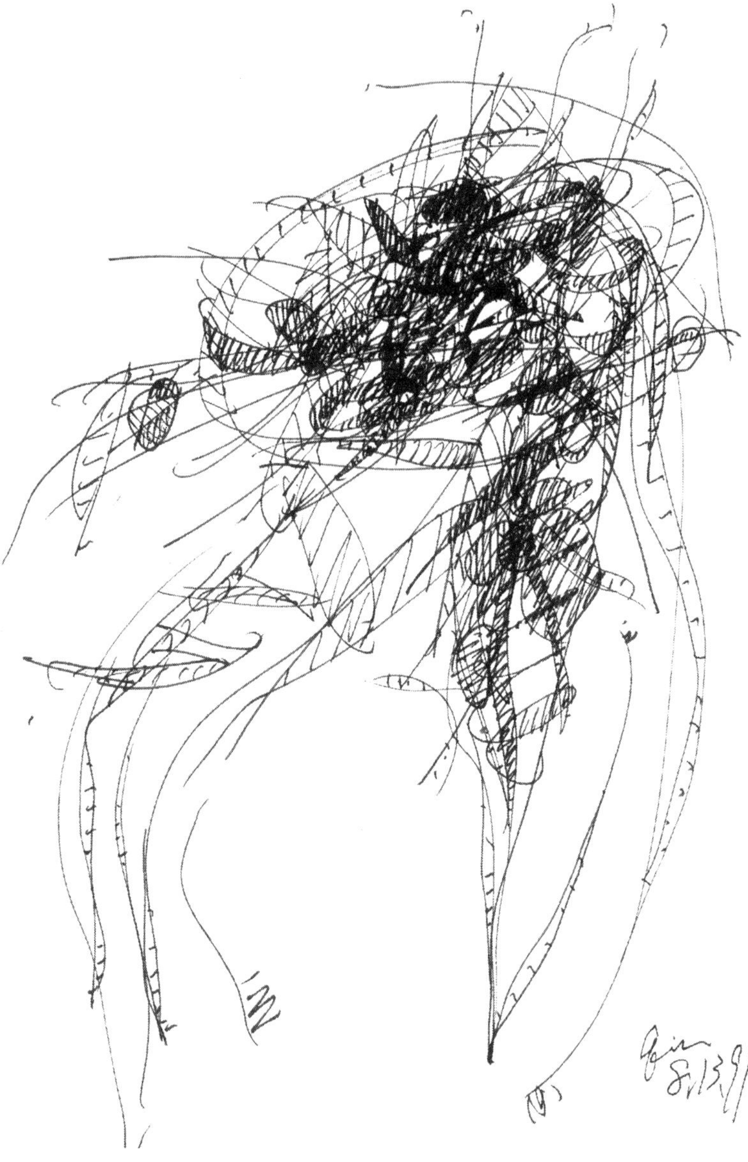

# 後記

　　詩歌一直是我創作中幾乎只與個人相關的事情，但與人們就詩歌而進行的有限的交往，是我珍貴的記憶。他們是：范景中、趙毅衡、傅修延、唐曉渡、羅青、歐寧、多多。李耕先生1980年代發表過我的若干詩作；1990年代，多次聆聽牛漢、熊秉明、瘂弦等先生對詩歌的洞見；美國Jeff Twitchell博士在華任教期間，我們有過一些關於現代詩歌的討論；孫曉婭女士熱心組織了對我詩作的批評；李岱松把《狀態－Ⅳ》介紹給洛夫先生，洛夫先生為詩集作序。

　　對以上前輩和友人，深懷感念。

　　繪畫7幅，作於1996–1999年。

邱振中
*2009年9月9日*

國家圖書館出版品預行編目（CIP）資料

狀態：IV: 邱振中詩集/邱振中. -- 新北市：
華藝學術出版：華藝數位發行, 2020.01
　面；　公分
ISBN 978-986-437-176-1(平裝)

851.486　　　　　　　　　　　　108021602

# 狀態－IV：邱振中詩集

作　　者／邱振中
責任編輯／蔡旻真
封面設計／張大業
版面編排／許沁寧

發 行 人／常效宇
總 編 輯／張慧銖
發行業務／姚秉毅

出版／華藝數位股份有限公司 學術出版部（Ainosco Press）
　　　234 新北市永和區成功路一段 80 號 18 樓
　　　電話：(02)2926-6006 傳真：(02)2923-5151
　　　服務信箱：press@airiti.com
發行／華藝數位股份有限公司
　　　戶名（郵政/銀行）：華藝數位股份有限公司
　　　郵政劃撥帳號：50027465
　　　銀行匯款帳號：0174440019696（玉山商業銀行 埔墘分行）

法律顧問／立暘法律事務所　歐宇倫律師
　　ISBN ／ 978-986-437-176-1
　　 DOI ／ 10.978.986437/1761
出版日期／2020 年 3 月
定　　價／新台幣 360 元

版權所有・翻印必究　　Printed in Taiwan
（如有缺頁或破損，請寄回本社更換，謝謝）